KB086104

새똥

지금 방 안에만 있거나
한때 방 안에만 있었던
모든 분들께 -이경혜-

시작하는 소설. 시소

초판 1쇄 발행 2024년 5월 14일

글쓴이 이경혜
그린이 폴아
편집장 천미진
편집책임 김현희
편 집 최지우
디자인책임 최윤정
마케팅 한소정
경영지원 한지영

펴낸이 한혁수
펴낸곳 도서출판 다림
등 록 1997. 8. 1. 제1-2209호
주 소 07228 서울시 영등포구 영신로 220 KnK디지털타워 1102호
전 화 02-538-2913 **팩 스** 070-4275-1693
다림 카페 cafe.naver.com/darimbooks
블로그 blog.naver.com/darimbooks
전자 우편 darimbooks@hanmail.net

© 이경혜, 폴아 2024

ISBN 978-89-6177-331-7 (42810)

새똥

글 이경혜 그림 폴아

다림

1.

방에 들어온 엄마가 암막 커튼을 열어젖히며 말한다.

"엄마 출근한다. 너 좋아하는 카레 해 놨으니까 잘 먹어. 먹은 그릇은 제발 물에 좀 담가 놓고! 방도 좀 치워! 이게 돼지우리지, 방이니? 아휴!"

나는 잠에서 깼지만 아무 말도 하지 않는다. 엄마도 내 대답을 기대하지 않는다. 아침마다 반복되는 일일 뿐이다. 아빠는 차 안에서 기다리고 있을 것이다. 예전에는 나도 함께했던 장면. 나는 학교가 근처라 가장 면

저 내렸지만 그 짧은 시간 동안에도 재잘재잘 떠들어서 엄마 아빠를 웃기곤 했다. 이제 아빠는 엄마만 내려주고 회사로 갈 것이다. 아빠 얼굴이 잘 생각나지 않는다. 한집에 살지만 아빠 얼굴을 본 지 한참이다. 아빠는 내 얼굴을 기억할까? 나도 아빠를 피하지만 아빠도 나를 보려 하지 않는다.

방을 나가던 엄마가 돌아서며 말한다.

"참, 기은이 너, 요즘 누구랑 그렇게 통화를 해?"

"내가 누구랑 통화를 해? 통화를 하긴?"

짜증스럽게 대답하다가 문득 상황을 파악한다. '그것'이랑 대화하느라 혼잣말하는 걸 엄마가 들은 모양이다.

"엄마한테 말해 주면 안 돼? 그냥 궁금해서 그래."

엄마의 목소리엔 잔뜩 기대가 묻어 있다.

히키코모리 딸이 친구랑 통화해서 기쁜가? 그러나 내 귀에 와서 속삭이는 '그것'을 누구라고 말하나? 헤헤헤, 헤헤헤, 하고 기분 나쁘게 웃는 그 미친 존재를?

엄마는 방문을 연 채 기다리고 있다.

"엄만 모르는 애야. 중학교 동창."

심드렁하게 내뱉는 말에도 엄마의 얼굴은 환해진다.

"중학교 동창? 누구?"

"엄만 모르는 애라니까."

"그래. 그냥 이름만 말해 줘."

정말 귀찮게 구네. 나는 잠시 생각하다가 아무렇게나 내뱉는다.

"혜미."

헤헤헤, 하고 기분 나쁘게 웃는 미친 아이니 혜미라고 해 두지 뭐, 즉석에서 든 생각이다.

"혜미? 못 들어 본 애네. 집에도 놀러 오라고 해. 맛있는 거 해 줄게. 그럼 엄마 갔다 올게."

엄마는 헤미를 혜미라고 알아듣는다. 그래야 자연스러운 사람 이름이겠지. 집에 놀러 오게 하라니, 그건 웃기다. 내가 '그것'이랑 얘기하는 걸 알면 기겁할 거면서.

현관문 닫히는 소리에 나는 일어나 방문을 잠그고 커튼도 친다. 방 안은 다시 깜깜해진다. 엄마가 울며불며, 아침마다 한 번만 확인할 테니 방문만 잠그지 말아 달라고 해서 어쩔 수 없이 밤마다 열어 놓지만 엄마 아빠만 나가면 나는 즉시 방문을 잠근다. 아무도 없어도 방문을 잠가야 마음이 놓인다. 내 방만이 내가 유일하게 안심할 수 있는 공간이다.

나는 침대로 다시 기어든다. 이제야 편히 잘 수 있겠다. 방문 잠그고, 암막 커튼 치고 침대에 누워 있기. 이건 헤미도 가장 좋아하는 세팅이다. 아니나 다를까, 기분 나쁜 헤미의 웃음소리가 귓가에 들려온다.

"헤헤헤, 헤헤헤. 나 이름 생겼네. 헤미, 마음에 들어. 헤헤헤, 헤헤헤."

나는 졸린 목소리로 중얼거린다.

"좋냐? 뜻을 알고도?"

"뜻이야 무슨 상관? 헤미라니, 너무 이쁜 이름이잖아? 기은이보다 훨 낫네. 이제 너도 날 헤미라고 불러. 너네 엄마가 집에도 놀러 오라잖아? 아이, 웃겨! 헤헤헤, 헤헤헤."

"그래, 웃기긴 개웃기지. 너랑 말하는 줄 알면 날 완전히 돌아 버린 걸로 알 거면서."

"헤헤헤, 헤헤헤. 그러게 말이야. 딸이 정신 병원 갈 판인데 너네 엄만 속없이 좋다고 난리야. 헤헤헤, 헤헤헤."

"시끄러워! 그 소름 끼치는 웃음소리 좀 어떻게 안 돼? 듣기 싫어 죽겠어!"

"이 소리 때문에 이름도 헤미가 됐는데 왜 바꿔? 헤헤헤, 헤헤헤."

"아휴, 듣기 싫어! 나 더 자야 하니까 꺼져!"

어젯밤에도 나는 인스타와 유튜브를 맥없이 계속 스

크롤하다가 4시도 넘어 잠들었다.

"넌 중독이야, 중독! 헤헤헤, 헤헤헤!"

"중독은 좋아서 하는 거지. 난 그냥 할 게 없어서 보는…."

말도 맺지 못한 채 나는 까무룩 잠이 든다. 끝없이 이어지는 헤미의 웃음소리를 들으면서.

2.

얼마나 잤을까?

방은 여전히 깜깜하다. 저 커튼은 완벽하게 빛을 차단한다. 아무것도 보이지 않는다. 낮인지 밤인지도 알수 없다. 나는 시간을 확인하지 않는다. 낮이면 어떻고밤이면 어때? 나한테는 구별할 필요조차 없는 시간인데. 나는 오늘이 며칠인지, 무슨 요일인지도 모른다. 마루에서 아무 소리도 들리지 않으니 엄마 아빠가 집에오지 않았다는 걸 알 뿐이다.

언제가 시작이었을까?

학교를 그만두고 방 안에 갇힌 지 2년이 지났는데도 눈을 뜰 때마다 가장 먼저 드는 생각은 그 한 가지다. 언제가 시작이었을까? 언제부터 잘못된 걸까?

지금의 나와는 전혀 다른 과거의 내가 보인다. 어디서나 나서고, 너무 떠들다 혼나기 일쑤고, 친구들과 우르르 피자도 먹으러 가고, 노래방에선 아이돌 춤을 신나게 따라 하며 노래하는 명랑하고 활발한 아이인 나, 홍기은.

단짝은? 함께 몰려다니는 다섯 명의 친구가 다 단짝이다. 예슬이, 민지, 다희, 슬기, 서영이 그리고 나까지 여섯 명은 학교에서도 유명한 그룹이다. 아이들은 수다쟁이로만 이루어진 우리를 '수폭 부대'라고 부른다. 학교 폭력이 아니라 '수다 폭력'이라는 말.

우리는 같은 초등학교 출신에 집도 가깝고 학원도 겹쳐서 원래도 잘 아는 사이지만 중학교에 올라가 같은 반이 되면서 자연스레 뭉치게 된 친구들이다. MBTI도 신기하게 모두 ENFP다. 정열적이고 활기가 넘친다는 유형.

우리 여섯은 한 몸처럼 늘 같이 몰려다닌다. 그러는 게 너무 재밌어서 학교 다니는 게 즐겁기만 하다. 친구들과 만나서 떠들고 놀 생각을 하면 아침마다 얼른 학교에 가고 싶은 생각뿐이다. 그때의 나는 그렇다.

2학년이 되면서 우리는 뿔뿔이 흩어졌지만 쉬는 시간이면 이 반 저 반 돌아다니며 만나고, 급식 시간이면 급식실에 모여 같이 밥을 먹고, 하교할 때도 여섯 명이 다 기다려 함께 학원에 간다. 다른 친구들은 우리가 보기 좋다고 부러워하기도 하지만 너무 설쳐서 꼴 보기 싫다고 욕하기도 한다. 학부모 면담 때 담임이 엄마한테, 너무 우리끼리만 논다고 교우 관계가 협소해질 수 있다고 주의를 줄 정도다.

그러거나 말거나 내게는 이 친구들이 세상의 전부다. 우리는 해도 해도 이야기가 끊이지 않고, 만날 때면 쉴 새 없이 웃음을 터뜨린다. 우리끼리 노는 게 너무 재밌어서 다른 아이들하고는 말도 섞지 않는다. 나는 내 짝이 누군지도 관심 없고, 매번 바뀌는 내 짝들 또한 나한테 다가오지 않는다.

예슬이, 민지, 다희, 슬기, 서영이, 나, 우리는 여섯 명의 완전체일 때 가장 행복하다. 누구라도 한 명이 빠지면 그 자리가 그렇게 허전할 수 없다. 어느 날 예슬이가 말한다.

"우리, 어른이 되고 결혼을 해도 한동네에 모여 살자."

다희가 받는다.

"한동네라니? 한 아파트에 모여 살아야지."

나도 끼어든다.

"한 아파트도 모자라! 같은 동에 살아야 돼!"

그러자 민지가 손을 내저으며 말한다.

"야, 차라리 한집에서 살아 버려, 집 두 개 얻어서 한 집은 남편끼리 살라 하고 옆집에서 우리끼리 살자고!"

그 말에 우리는 모두 까르르 웃음을 터뜨린다.

그렇게 모여서 떠들다 보면 수업 시작종이 원망스럽 다. 수업 끝나기만을 기다렸다가 같은 반인 슬기랑 손 을 잡고 다른 친구들을 만나러 쪼르르 달려가는 게 그 때의 나다.

그날이 시작이었을까?

수학 숙제를 베끼느라 쉬는 시간에 옆 반으로 가지 못할 때, 슬기가 내게 한마디도 묻지 않고 혼자 교실을 빠져나가던 날?

급식실에 늦게 도착해 식판을 받아 들고 친구들 옆 자리로 가서 앉는데 무언가 싸한 느낌을 받던 날?

여느 때와 다름없이 나는 떠들고 아이들은 대꾸하지

만 어딘가 영혼이 없다는 느낌이 들던 날?

학원에서 우리 그룹 옆자리에 앉으려고 다가갈 때(여섯 명은 짝수라 언제나 둘씩 앉을 수 있었다. 혹시라도 누군가 늦게 가면 우리는 자리를 맡아 놓고 기다렸다), 아무도 내 자리를 맡아 주지 않아 혼자 뚝 떨어져 앉아야 하던 날?

분명하게 말할 수는 없어도 어떤 기류가 흐른다. 나도 그것을 느끼지만 그런 일은 생각도 할 수 없기에 무시한다. 그건 있을 수 없는 일이니까. 절대로, 절대로 일어나서는 안 될 일이니까.

그리고 그날의 점심시간이 온다.

다섯 명이 앉아 있는 자리로 내가 식판을 들고 가 앉을 때, 그 애들은 약속이라도 한 듯 벌떡 일어나 다른 자리로 가 버린다. 여섯 명이 앉았던 자리에 나 혼자만 덩그러니 남는다.

급식실의 모든 눈길이 나를 향한다.

'쟤네 왜 저래?' 하며 수군대는 소리들이 내 귀에 화살처럼 꽂힌다.

나는 당황한다. 정말 아무것도 몰랐다면, "왜 그래, 갑자기? 어디로 가는 거야?" 하고 당연히 물었을 것이다. 그러나 나는 가만히 앉은 채, 벌떡 일어나 자리를 옮기는 그 애들을 놀란 눈길로 바라볼 뿐이다. 올 것이 오고 말았다는 기분도 든다. 그렇게까지 노골적으로 잔인한 행동을 할 줄은 몰랐지만.

'왜 이러지, 얘네들? 내가 뭘 잘못했지?' 하는 생각은 나중에야 온다. 그 순간에는 내 등에 꽂히는 아이들의 눈길이 바늘로 찌르듯 아파서 그것을 버티는 것만으로도 안간힘을 써야 한다. 나는 그날 급식실에서 밥을 먹던 아이들이 다 보는 앞에서 생중계되듯 버림받는다.

어떻게 남은 밥을 꾸역꾸역 먹었는지 모르겠다. 다들 나만 보고 있는데, 그 앞에서 식판을 던져 버릴 용기라도 있으면 모를까, 내가 할 수 있는 일은 그것뿐이다. 아무렇지 않은 듯, 그깟 거 별거 아니라는 듯, 남은 밥을 꾸역꾸역 먹는 일.

나를 버리고 간 친구들은 자기들끼리 깔깔거리며 웃는다. 아무 일도 없다는 듯이. 그 애들도 나를 의식한다. 그것만은 알 수 있다. 꾸역꾸역 밥을 입 안에 급히 처넣고 나는 일어난다. 그 애들을 남겨 놓고 혼자 급식실을 나간다. 그 학교에 입학한 뒤로 단 한 번도 혼자 통과한 적이 없던 문을 나는 혼자 밀고 나간다.

숨이 막혀 온다. 사방의 벽이 나를 향해 조여 온다. 나는 침대 귀퉁이를 잡고 온 힘을 다해 기침을 한다. 겨우 숨이 쉬어진다. 조여 오던 벽이 멀어진다.

아무런 설명도 없이 어느 날 돌변한 세상이 나는 낯

설고 무섭다. 그런 일이 왜 나한테 일어났는지 도무지 알 수 없다. 그런 건 다른 아이들, 그럴 만한 아이들한 테나 일어나는 일이었는데.

헤미가 불쑥 끼어든다.

"네가 바로 그럴 만한 아이였던 거지. 헤헤헤, 헤헤 헤."

"내가 뭘 어쨌는데? 나는 걔들이랑 신나게 놀기만 했단 말이야."

"걔들이 잘 모르고 놀다가 알게 된 거지. 그나저나 지겹지도 않냐? 허구한 날 그 생각만 하게? 헤헤헤, 헤 헤헤."

"아무리 생각해 봐도 이해가 안 가니까 그렇지. 네가 내 속을 알아?"

"내가 네 속에 있는데 네 속을 왜 몰라? 헤헤헤, 헤 헤헤."

나는 대꾸도 않고 일어나 방문을 열고 화장실로 간

다.

지금은 '저것'이랑 말하기가 싫다.

시계를 보니 오후 2시다. 텅 빈 집의 고요가 나를 누른다.

식탁에는 엄마가 쓴 메모가 놓여 있다.

'냄비에 카레 있어. 전자레인지에 데워서 먹어.'

아침에 말해 놓고도 안심이 안 된 모양이다. 알아서 먹겠다고 아무리 말해도 엄마는 꼭 밥을 챙겨 놓고 나간다. 고맙지 않다. 귀찮고 짜증만 난다. 속 썩이는 딸을 둔 좋은 엄마 코스프레라도 하고 싶으신가?

마지못해 밥을 푸고 카레를 끼얹어 몇 술 뜬다. 차가운 카레는 음식물 쓰레기 같지만 데우는 것조차 귀찮다. 먹은 밥그릇을 싱크대에 갖다 놓을 기운도 없다.

엄마 목소리가 환청처럼 들린다.

"먹은 그릇, 물에 담가 놓는 것도 못 하니? 너무하지 않아?"

엄마가 잔소리할 때면 나도 기다렸다는 듯 소리친다.

"누가 밥해 달래? 그냥 놔두라고. 굶어 죽든 말든 그 냥 놔두란 말이야!"

누구한테든 소리 지르고 화내고 싶은 나는 나한테 잘해 주기만 하는 엄마에게 쌓인 화를 쏟아붓는다. 아빠는 이런 내 꼴이 보기 싫다고 집에 일찍 들어오는 법이 없다.

점잖은 아버지와 다정한 어머니, 까불며 애교 떨던 외동딸로 이루어졌던 예전의 우리 집은 이제 어느 먼 나라의 이야기다. 나는 아무것도 할 수가 없다. 아무것도 하기가 싫다. 내게 일어난 일을 도무지 납득할 수 없는데 내가 무엇을 할 수 있나?

식탁에 앉은 채 거실을 바라보니 베란다 너머 하늘이 푸르다. 쨍하니 맑은 날씨다.

'저것'이 처음 나한테 온 날도 그랬다.

한 달쯤 전이었다.

3.

그날 나는 홀린 듯 베란다로 나간다. 집에 갇힌 뒤로 처음이었다.

2년 만에 베란다에 나간 나는 멍하니 바깥세상을 본다. 세상은 방 안에 갇힌 나 따위는 내버려둔 채 잘만 굴러가고 있다.

건너편에 보이는 가로등 위에 비둘기 두 마리가 뚝 떨어져 앉아 있다. 회색 비둘기와 검은색 비둘기. 친구는 아닌가 보네. 나는 혼잣말을 내뱉는다. 친구들과 떠들고 웃고 싶지만 그러지 못하는 나는 언제부턴가 혼잣말을 많이 한다. 나는 그 비둘기들에게 레이와 까미라는 이름을 붙여 준다. 그리고 게임 중계라도 하듯이 소리 내어 말해 본다. 예전에 친구들과 같이 게임할 때면 내가 자주 하던 장난이었다.

"네. 가로등 위에 레이와 까미가 앉아 있군요. 조금 떨어진 채 각각 앞만 보고 앉아 있어요. 과연 이들 사이에 무슨 일이 벌어질까요? 아, 까미가 조금씩 움직여 레이의 옆으로 갑니다. 네, 네. 까미는 레이랑 친해지고 싶은가 봅니다. 앗, 그런데 레이가 옆으로 피하네요. 레이는 까미가 싫은가 봅니다! 저런, 까미가 마상을 입었겠어요. 까미는 아무렇지 않은 척 다시 앞만 보고 앉아 있지만 저런 상황에서는 누구나 마상을 입는 법이지요. 아, 까미가 날아갑니다."

나는 까미를 지켜본다. 까미는 훌쩍 날아올라 옆 가로등으로 날아간다. 나는 중계를 이어 간다.

"까미가 옆 가로등으로 날아가네요. 옆 가로등에는

두 마리 비둘기가 사이좋게 앉아 있어요. 하루와 구름이라고 할까요? 구름은 하얀 비둘기라 유난히 눈에 띄는군요. 앉아 있던 하루와 구름이 갑자기 날아온 까미 쪽으로 고개를 돌립니다. 구름이 까미를 향해 부리를 벌리고 뭐라고 하는군요. 뭐라는 걸까요? 네, 네. 꺼져, 라는 말입니다! 꺼져! 꺼져! 까미는 그래도 꾹 참고 앉아 있군요. 대단한 멘탈입니다. 까미는 강철 멘탈! 아아, 그러나 까미도 존심이 있지요. 다시 훌쩍 날아오르네요. 까미는 하늘 저 멀리로 사라집니다. 멀리, 멀리, 저 멀리로."

까미는 어디로 가나? 또 이리저리 다른 비둘기들과 친해지려고 기웃거릴까? 그렇게 따돌림당하면서도 눈치 없이? 그러다 결국 홀로 어두운 둥지로 들어가 처박힐까?

그 점심시간의 충격은 너무 커서 나는 애들한테 따

지지도 못한 채 혼자 집으로 간다. 몇 시간이고 울다가 저녁이 되어서야 나는 아이들한테 차례로 전화를 건다. 아이들은 전화를 받지 않는다, 단 한 명도.

나는 단톡방에 톡을 올린다. 대체 나한테 왜 그러냐고. 애들은 내 톡을 다 읽고도 나를 투명 인간 취급한다. 내 말은 무시한 채 자기들끼리만 얘기한다. 나는 줄기차게 묻는다.

대체 왜 그러는 거야?

내가 뭘 잘못했으면 말해 줘.

난 진짜 모르겠어.

너희가 어떻게 나한테 이럴 수가 있어?

끝없이 묻는다. 정말로 알 수 없다.

내 머리로선 도무지 이해할 수 없는 일이다.

다음 날, 학교에 가서 나는 슬기를 불러낸다. 슬기는 복도까지 순순히 나와 준다.

"슬기야, 대체 왜 갑자기 나한테 이러는 거야? 누가 이러자고 한 거야? 네가 나한테 이러면 안 되지 않아? 그렇게 친하게 잘 지내다가 어떻게 이럴 수가 있어?"

나는 슬기를 앞에 두고 쌓였던 말을 한꺼번에 퍼붓는다. 말하다 보니 서러움이 북받쳐 눈물이 솟구친다. 슬기는 한마디도 하지 않는다. 나를 쳐다보지도 않고 핸드폰만 들여다본다. 나를 개무시하는 슬기를 나는 쳐다볼 뿐이다.

지나가는 아이들이 우리를 흘끔거린다. 나는 매정한 슬기를 두고 화장실로 간다. 더럽고 냄새나는 그 작은 공간에 들어가 한참을 운다.

그래도 나는 포기하지 못한다. 아이들과 함께 지낸 시간은 너무나 즐거웠고, 아이들한테 이유도 모른 채 내쳐진 시간은 너무나 비참하다. 나는 그 애들이 모여 있는 곳에 달려가 묻고 또 묻는다. 왜 그러는지 이유만 말해 달라고, 내가 잘못한 게 있다면 사과한다고, 제발 나한테 이러지 말아 달라고 눈물을 흘리며 호소한다.

그 애들은 자기들끼리만 말하고 여전히 나를 거기 없는 존재처럼 대한다.

마침내 나는 깨닫는다. 그 애들은 결정을 내렸다는 걸. 나를 그 무리에서 제외시키기로, 나를 버리기로. 이유도 말해 주지 않은 채, 철저히 무시하는 방법으로.

그것을 돌이킬 방법은 없었다. 적어도 나한테는.

나는 단톡방에서 나온다. 그 애들 곁에 다가가지 않는다. 대신 나는 나를 돌아본다. 내가 뭘 엄청나게 잘못했나 봐, 둔한 내가 알아채지 못했나 봐, 나는 대체 뭘 잘못한 걸까? 대체 내가 무슨 짓을 했기에 아이들이 그런 마음을 먹은 걸까?

나는 오직 그것에만 집중한다. 하루하루, 한 시간 한 시간의 모든 기억의 조각을 되돌려 맞춰 보며 내가 무엇을 잘못했는지 찾아본다. 숲속에 떨어뜨린 동전이라도 찾듯이 샅샅이 훑지만 아무리 생각해 봐도 알 수가 없다. 자매처럼, 한 몸처럼 똘똘 뭉쳐 다니던 아이들이 갑자기 나를 따돌리는 이유를.

내가 뭘 잘못해서 그런지 알 수 없는 게 나를 가장 괴롭힌다.

나는 친구들 하나하나를 떠올린다. 그 애들을 연구라도 하듯 생각하고 또 생각해 본다.

예슬이, 민지, 다희, 슬기, 서영이.

예슬이가 좋아하는 진호가 나한테 수학 숙제를 보여 준 게 걔 마음을 거슬렸나?

민지의 우스갯소리에 눈물까지 흘리며 웃었던 게 오히려 상처를 주었나?

다희를 부르며 달려가 등을 친 게 너무 아팠나?

슬기보다 영어 성적이 더 좋아서 삐졌나?

서영이가 전화 걸었을 때 진동으로 해 놔서 못 받았던 게 문제인가?

도무지 이유를 알 수 없으니 터무니없는 것들까지 의심된다. 그러나 그 어느 것도 나를 개운하게 납득시켜 주지 못한다.

놀이공원처럼 신나던 학교가 지옥이 된다. 수업 시간에도 나는 슬기의 뒤통수만을 바라본다. 쟤는 무슨 생각으로 날 이렇게 대하지? 누가 먼저 시작해서 날 내치기로 한 걸까?

선생님의 얘기는 귀에 하나도 들어오지 않는다. 쉬는 시간이면 쪼르르 다른 반으로 달려가는 슬기를 보지 않으려고 이를 악문다. 슬기는 다른 친구들한테 내가 허물어지는 모습을 낱낱이 보고할 것이다. 그런 나를 입방아에 올리며 까르르 웃음을 터뜨릴 친구들을 떠올리면 나는 분해서 손이 떨린다.

점심시간마다 급식실에 가는 일은 내게 고문이 된다.

워낙 우리끼리 몰려다닌 탓에, 그 무리에서 떨어져 나온 나를 다른 아이들도 꺼린다. 나는 혼자 앉아 꾸역 꾸역 밥을 먹는다.

단 한 번, 내 앞에 누가 식판을 들고 서서 묻는다.

"기은아, 여기 앉아도 돼?"

고개를 올려보니 수혁이다. 내 짝이다. 짝이라도 서로 말 한번 제대로 한 적 없는 사이다. 남자애들이 따돌리는 아이지만 나는 관심이 없어서 따돌릴 일조차 없던 아이. 그런 애가 감히 나를 동정한다. 나는 얼굴이 달아오르고 화가 치민다. 대꾸도 하지 않고 숟가락질만 한다. 수혁이는 그대로 서 있다가 다른 자리로 간다. 그 뒤로 나는 아예 점심을 거른다.

자기들끼리 희희낙락하며 지내는 그 애들을 볼 때면 서럽거나 화가 나는 수준을 넘어 이상한 기분마저 든다. 왜 이렇게 되었지? 어떻게 이런 일이 있을 수 있지?

나는 실감이 나지 않아 어리둥절할 때조차 있다.

그러다 나는 점점 더 그 애들을 미워하게 된다. 예슬이, 민지, 다희, 슬기, 서영이, 한 아이 한 아이의 이름을 적어 가며 그 애들을 저주한다.

나쁜 년들, 내가 대체 뭘 어쨌다는 거야? 내가 뭘 어쨌다고 나한테 이러는 거야?

분노가 머리로 향하면 핏줄이 조여들 듯 아프다. 나는 보건실로 간다. 조퇴를 하고, 지각을 하고, 결석을 한다. 아파서 학교에 안 가면 덜 괴롭다. 그런 날들이 점점 늘어난다.

차라리 학교 폭력을 당하는 게 낫지 않을까? 그건 명쾌한 일이니까 엄마 아빠한테라도 도움을 구할 수 있다. 수혁이처럼 불특정의 아이들한테 왕따를 당하는 일도 이해를 얻긴 쉽다. 그러나 가장 친했던 친구들이 갑자기 나를 피한다는 얘기를 누구한테 말할 수 있나?

엄마한테 말하면 엄마는 나보다 더 화낼 거고, 그 애들의 부모에게 얘기하거나 그 애들을 만나 야단치거나 하소연할 거다. 생각만 해도 끔찍하다. 나는 속으로만 끙끙 앓는다.

아무도 나를 끌어낼 수 없는 날이 온다. 엄마 아빠는 무슨 일인지 묻고 또 묻는다. 담임을 찾아가고 친구들을 만나지만 다들 모른다고만 한다. 결국 엄마 아빠도 나를 포기한다. 엄마는 학교에 가서 자퇴 처리를 한다. 몸이 아파서 자퇴하지만 나중에 유학을 보낼 거라는 거짓말을 보탠다. 나한테도 입단속을 시킨다.

"너는 유학 준비하느라고 자퇴한 것뿐이야. 학교에도 그렇게 얘기하고 그만뒀으니 우리만 말을 맞추면 돼, 일단 검정고시로 중학교 졸업 자격 따고 유학하는 걸로. 그리고 정말로 그렇게 하면 되잖아? 조금만 쉰 다음에 그렇게 하나씩 해 나가면 이 일이 오히려 전화위복이 될 수도 있어."

나는 내 방에 갇힐 수 있게 된 것만이 기쁘다.

2년의 세월 동안 분노도 미움도 사라진다. 단지 내가 내쳐진 이유를 알 수 없다는 점만이 괴롭고, 친구들과 놀던 시간이 그리울 뿐이다.

오해가 있었을 거야. 뭔가 애들이 잘못 생각한 거야. 오해가 풀리면 다시 옛날로 돌아갈 수 있을 거야.

오랜만에 베란다에서 바깥세상 공기를 맛본 탓일까?

외로움에 지친 나는 생각을 그렇게 몰아간다.

그러자 예슬이, 민지, 다희, 슬기, 서영이, 나를 차갑게 버린 그 친구들이 참을 수 없이 보고 싶다. 나는 충동적으로 그 애들 한 명 한 명한테 '잘 있니?'라는 톡을 보낸다. 수업 중일 테니 보지 못할 테지만 그렇게라도 하지 않으면 견딜 수 없어서 그렇게 한다.

누가 나중에라도 'ㅇㅇ'이란 답 하나만 보내 준다면

나는 모든 걸 잊고 다시 살아날 수 있을 것만 같다. 배신감에 죽을 것 같던 시간은 흘러갔다. 나는 외로움으로 죽을 것 같다.

내 예상과 다르게 톡의 '1'은 차례로 사라진다. 아이들은 모두 내 톡을 읽는다. 심장이 쿵쿵 뛴다. 욕이라도 보내 주는 애가 있으면 좋겠다.

한참 기다려도 답은 없다. 아무도 나한테 'ㅇㅇ'이란 말조차 보내지 않는다. 하늘로 날아간 까미가 처박힐 컴컴한 둥지가 떠오른다.

까미는 그 안에서 홀로 울겠지.

그때였다. 내 귀에 이상한 웃음소리가 들려온 것은.

"헤헤헤, 헤헤헤!"

등골로 소름이 쫙 끼친다. 나는 깜짝 놀라 주위를 둘러보지만 아무도 없다.

"그것들이 보고 싶어? 너도 참 지지리 못난 년이네.

헤헤헤, 헤헤헤!"

소름 끼치는 그 목소리가 나를 비웃는다. 나는 고개를 마구 흔든다. 그게 무엇이든 흔들어 떨쳐 버리려는 본능이다. 그 소리는 더욱 선명하게 울린다. 그 웃음소리는 아주 높은 목소리인 데다 기계음처럼 부자연스러워서 듣기가 괴롭다.

"그 비둘기가 네 꼬락서니랑 똑같지? 아주 존똑이야, 존똑! 헤헤헤, 헤헤헤."

아무리 고개를 흔들어도 사라지지 않는다.

나는 악을 쓰듯 외친다.

"그래, 똑같다. 내 꼬락서니랑 똑같아. 어쩌라고?"

듣기 싫은 그 웃음소리가 귀청을 찢을 듯 크게 들려온다.

"알긴 아네! 생각보단 상태가 괜찮은데? 헤헤헤, 헤헤헤."

"넌 대체 누구야?"

나는 주위를 둘러보며 소리친다. 그 목소리는 분명 다른 존재의 목소리지만 내 속에서 울려 나온다는 것만은 알 수 있다. 헤헤헤, 헤헤헤, 공포 영화에나 나올 것 같이 스타카토로 톡톡 끊어지는 높은 웃음소리. 그 목소리가 사라질까 봐 나는 얼른 말을 잇는다.

"누구야, 넌?"

내가 다시 소리치자 그것은 또 헤헤헤, 헤헤헤, 하며 웃더니 말한다.

"나도 몰라, 내가 누군지. 근데 네가 날 불러낸 건 확실해. 곤히 자는 날 깨운 건 너라고. 네가 외로워 죽겠다고 자꾸 나를 깨웠잖아?"

나는 묻는다.

"대체 어디서 자고 있었다는 거야?"

"몰라, 그것도. 나는 그냥 자고 있었는데 네가 날 불러 깨운 거야."

"미친 거 아냐? 자기가 어디서 자고 있었는지도 몰

라?"

"그래, 모른다. 헤헤헤, 헤헤헤."

"뭐가 좋아서 그렇게 자꾸 웃는 거야? 듣기 싫어!"

"좋아서 웃겠냐? 너라는 년이 웃겨서 웃지. 외롭다고 자던 나까지 불러낸 너야말로 미친년 아냐? 헤헤헤, 헤헤헤."

그렇게 '저것'이 그날 내게 온다. 이제 '그것'이나 '저 것'이 아닌 '혜미'가 된 존재. 헤헤헤, 헤헤헤, 하고 웃어 대는 미친년.

나는 '저것'의 등장에 크게 놀라지도 않는다. 무서워 하기는커녕 오히려 사라질까 봐 초조해한다. 서로를 공 격하고 욕만 퍼부으면서도 그때부터 '저것'은 내 유일한 말 상대가 된다. 그날부터 나는 방 안에 처박혀서도 말 을 할 수 있게 된다.

4.

나는 지저분한 식탁을 놔둔 채 일어난다. 벌써부터 엄마의 한숨 소리가 들리지만 나는 그대로 베란다로 나선다. 방충망까지 열고 바깥 공기를 쐬니 그날보다 날이 훨씬 서늘하다. 아직 11월인가, 아니면 12월이 되었을까.

오늘은 가로등 위에 비둘기가 한 마리도 없다. 분주하게 돌아다니는 사람들만 보인다. 내가 도망친 세상이 저 아래에 있다. 내가 다시 저 사람들 사이에서 걸어 다닐 수 있을까.

가만히 아래를 내려다보고 있자니 언제 왔는지 헤미

가 또 귓전에서 비아냥거린다.

"왜? 한번 뛰어내려 보시지? 헤헤헤, 헤헤헤."

이제는 헤미라는 이름이 있어서일까, 나는 '저것'이 진짜 친구처럼 여겨진다. 나는 늘 그러듯 비아냥거리지 않고 차분하게 말한다.

"3층은 떨어지기에 좀 애매하잖아? 재수 없으면 죽지도 않고 다리만 부러질걸? 뛰어내리려면 학교 옥상에 올라갔어야지. 보건실에 누워 있을 때 옥상 갈 생각 정말 많이 했는데."

"죽는 건 아무나 하냐? 너같이 약해 빠진 게 죽을 수나 있어? 헤헤헤, 헤헤헤."

헤미가 비웃어도 아무렇지 않다. 누구에게든 내 속의 얘기를 쏟아 놓고 싶기만 하다.

"그 애들한테 복수하고 싶었지. 내가 죽으면 조금은 양심의 가책을 받지 않겠어? 아니야. 솔직히 말하면 선생님들이 내 죽음의 이유를 찾다가 걔들이 한 짓을 밝

혀내길 기대했어. 그럼 그 애들은 평생 살인자의 이름 아래 살아갈 거 아니야?"

"그런 생각에 빠져 보건실 침대 위에서 질질 울었지? 넌 이미 죽은 사람이 되어 있었잖아, 그때? 후회하며 우는 그 애들을 상상하며 고소해하고 있더라. 헤헤헤, 헤헤헤."

"응. 너야 다 알겠지. 하지만 계속 생각해 보니 걔들은 감옥에도 가지 않을 거고, 양심의 가책도 안 받을 거란 생각이 들었어."

"뻔하지. 너네 옆 학교에서 떨어져 죽은 친구 얘기하던 거 보면 몰라?"

그렇다. 생각난다. 바로 옆 학교에서 어떤 아이 하나가 옥상에서 떨어져 죽은 일이 있었다. 나는 모르는 아이지만 서영이가 초등학교를 같이 다닌 아이였다. 서영이는 충격을 받고 울음을 터뜨리지만 우리가 있기에 곧 명랑함을 되찾는다. 그 아이는 선생님한테 억울하

게 야단맞고 그 길로 옥상으로 올라간 거고, 그 선생님
은 곧 퇴직했다.

시간이 지나서 그 죽음에 대한 경건함이 가시자 아
이들은 거침없이 말한다.

"야, 사실 쌤한테 억울하게 야단맞았다고 죽을 거면
우린 목숨이 백 개는 있어야겠다."

"그러게나 말이야. 서영아, 걔 원래 좀 공주병 있었던
거 아냐?"

"응, 걔가 좀 그런 면이 있긴 했어. 얼굴도 봐 줄 만하
고, 집이 더럽게 잘 사니까 우릴 대놓고 깔봤지. 걔 좋
아하는 애 하나도 없었어. 그 쌤만 불쌍하지 뭐."

"그렇게 못된 애였어? 벌 받았구나, 걔!"

그렇게 흘러가던 이야기.

"내가 죽어도 그렇게 모여 앉아서 떠들겠지."

나는 씁쓸한 마음으로 말한다.

"그럼, 그럼! 좋아 죽지나 않으면 다행이지! 헤헤헤,

헤헤헤."

내 눈앞에 아이들이 모여 앉은 모습이 떠오른다.

"솔까말 우리가 뭘 잘못을 했냐? 우리가 걜 때리기를 했냐? 욕이라도 한번 했냐? 그냥 우리끼리 밥 먹고, 걔랑 얘기 안 한 것뿐이잖아? 대한민국에 그런 자유도 없어? 말하기 싫어서 안 한 게 무슨 죄야? 그것도 못 견디고 제 목숨을 끊은 걔가 사회 부적응자지, 안 그래?"

그 말을 하는 건 어쩐지 예슬이일 것 같다. 아니, 민지 같다. 아니, 서영이 같다. 입에 거품을 물고 나를 욕하는 걔들의 얼굴이 눈앞에 있는 것처럼 선명하다. 다시금 분노로 마음이 부글거린다. 헤미가 좋아하는 게 느껴진다. 헤미는 내가 화내거나 죽음에 관해 얘기할 때면 아주 신이 난다. 헤미가 말한다.

"네가 죽어 봤자 그년들이 눈 하나 깜짝할 줄 알아? 헤헤헤, 헤헤헤."

"그래. 나만 억울하게 죽는 거지."

헤미의 목소리가 은근해진다.

"그렇지. 복수하려고 죽는 건 진짜 계산 착오야! 그런데 말이야. 넌 지금 살아 있는 의미가 없지 않아? 왜 사는데? 복수 말고도 죽을 이유는 넘치잖아?"

그 말에 나도 모르게 기가 죽는다.

"그래. 내가 왜 사는지 모르겠어. 이렇게 살아도 되나?"

헤미는 대답하지 않는다.

나는 가만히 기다리다가 다시 안으로 들어온다. 방으로 들어가 문을 잠그고, 불을 켠다. 커튼은 열고 싶지 않다. 이쪽 커튼을 열면 단지 안이 내려다보인다. 누구든 보기 싫다. 외롭고 심심하지만 하고 싶은 것도 없다. 게임도 재미없고, 애니메이션이나 웹툰도 당기지 않는다. 온라인 공간에서 내가 아닌 척 누군가와 가짜 대화를 하는 것도 지겹다.

나는 다시 불을 끄고 침대에 눕는다. 차라리 헤미랑 노는 게 낫다. 적막이 나를 둘러싼다. 헤미는 얼른 나타나 주지 않는다.

친구들은 중학교를 졸업하고 고등학생이 되었는데 나는 지금 이렇게 캄캄한 방 안에 갇혀 시간을 낭비하고 있다. 이렇게 세월이 흐르면 나는 어떻게 되는 걸까?

그제야 헤미의 답변이 들려온다.

"뭘 어떻게 돼? 넌 평생 이렇게 살 거야. 엄마 아빠는 늙어 갈 테고 너는 이 방 안에서 폐인이 될 거라고. 엄청나게 뚱뚱해져서 저 방문으로 나가지도 못할걸? 헤헤헤, 헤헤헤."

"재수 없어! 꺼져!"

말은 그렇게 하면서도 나는 헤미가 나와 줘서 좋다. 헤미하고 말하는 게 좋다. 헤미하고라도.

헤미마저 없었던 시간은 떠올리기도 싫다. 헤미는 목소리로만 존재하는 친구. 내 귀에만 들리는 이상한 목소리.

헤미가 어떤 존재인지 나는 모른다. 귀신은 아닌 것 같고, 환청인지는 모르겠다. 뭐든 상관없다. 악마라도 괜찮다. 그냥 소중한 내 친구 헤미. 나도 헤미한테 온갖 욕을 퍼부으며 거칠게 군다. 그래도 우리는 친구다. 그렇다. 나한테는 헤미가 있다. 나는 불을 끄고 가만히 누워 헤미와 대화하는 게 좋다. 헤미가 다정한 친구는 아니지만, 다정하기는커녕 심술궂고 사악한 친구지만.

5.

　아빠와 엄마가 싸우는 소리가 방문 틈으로 들어온
다. 안방에서 싸우지만 둘 다 흥분했는지 목소리가 커
져서 고스란히 다 들린다. 일본에서 살던 고모가 귀국
했다는 건 엄마가 받는 전화 소리로 들은 적이 있는데
그 고모가 집에 온다고 하는 모양이다.

　"아니, 어떻게 우리 집에 형님을 오시라고 해? 기은
이가 저렇게 방구석에 처박혀 있는데 저걸 어떻게 보
여? 그러면 우리 기은이, 당장 히키코모리라고, 은톨이
라고 형님이 온 집안에 다 퍼뜨릴 건데. 내가 그동안 사

람 아무도 안 부르고 온다는 사람 못 오게 하려고 기를 쓰는 걸 잘 알면서 어떻게 당신은 그런 말을 해?"

"기은이가 히키코모리인 건 사실이잖아? 우리 기은이는 정확하게 은둔형 외톨이라고. 병원에 데려가든 상담을 하든 해야 하는 거야. 당신이 창피하다고 사방에 다 거짓말해 놓고 아닌 척하고 지내는 게 쟤한테 더 나쁘다고."

"그게 내가 창피해서 그러는 거야? 나는 우리 기은이가 그렇게 낙인찍히는 걸 막아 주려고 그러는 거잖아. 그걸 몰라? 한번 낙인찍히면 끝나는 거야, 쟤 인생은! 병원이나 상담은 기은이가 죽어도 안 간다니 못 데려가는 걸 당신도 알면서 그래?"

"그래서? 계속 저렇게 두면 기은이가 빠져나올 수 있다고 생각해? 저 방 안에서? 쟤 친구들은 다 입시 공부 시작한 판에 쟤는 지금 중학교 졸업장도 없다고! 검정고시조차 준비 안 하잖아? 목을 끌고라도 병원에 데려가야지.”

“기은이 좋아졌단 말이야. 요즘 친구랑 통화도 많이 해. 나는 기다려 주려고 하는 거야. 조금 늦어지는 거야 어때? 늦게라도 쫓아가면 되지. 그나저나 당신은 어쩌면 그렇게 기은이한테 무심해? 기은이가 저러고 있는데 당신은 그 꼴 보기 싫다고 혼자만 싸돌아다녀? 어떻게 그럴 수가 있어? 나 혼자 맨날 발만 동동거리고. 남의 자식이야, 쟤가?”

잠시 침묵이 흐르더니 아빠 목소리가 들린다.

“내가 왜 그러겠어? 난 솔직히 자신이 없어서 그러는 거야. 기은이한테 너무 실망하고 화가 나 있어서 기은이를 보면 손이 먼저 올라갈 것 같다고. 내가 통제가 안 될 것 같단 말이야. 내가 내 딸을 때릴 거 같아서 피하는 거라고.”

아빠의 차분해진 목소리가 화를 내며 퍼부을 때보다 더 뼈를 찌른다. 그랬던 거구나. 내 꼴이 보기 싫어서 피한다고만 생각했는데 나를 때릴 거 같아서 그랬던 거구나. 나는 귀마개를 꺼내 귀를 막는다.

그러나 헤미의 목소리는 귀마개를 뚫고 들린다.

"헤헤헤, 헤헤헤. 너네 아빠는 널 때리게 될까 봐 무섭대. 내가 아빠라도 그러겠다. 속이 터지지. 넌 정말 이렇게 살아서 뭐 할래? 맨날 침대 위에 누워서 숨만 쉬고 있는 게 사는 거니?"

"그래, 네 말이 맞아. 나는 시체나 다를 바가 없어. 그렇지? 콱 죽을까?"

나는 헤미가 좋아하라고 일부러 그렇게 말한다. 헤헤헤, 헤헤헤, 그 소름 끼치는 웃음소리가 또 들려온다.

"응. 너는 산송장이지. 죽을 용기도 없으면서 죽는다는 말은 넙죽넙죽 잘도 해요. 헤헤헤, 헤헤헤."

"그래. 난 살 가치가 없는 애야. 흑흑."

일부러 꺼낸 말인데도 뜻밖에 울음이 터진다.

"짜증 나게 울지 마. 그깟 목숨, 끊어 버리면 되잖아? 뭘 망설여? 널 붙잡아 두는 게 있어?"

"엄마가 얼마나 슬퍼하겠어? 흑흑."

"지금 이렇게 살면서 엄마를 괴롭히는 네가 더 끔찍하다고! 아빠는 너 보기 싫어하니까 너 없어지면 좋아할 거고!"

"맞아. 아빠는 내가 없어지면 좋아하겠지. 엄마 아빠는 싸우지도 않고 훨씬 잘 지낼 거야."

그 말을 하는데 눈물이 더 쏟아진다. 헤미가 짜증을 낸다.

"그냥 죽으면 되지, 왜 질질 짜긴 질질 짜? 헤헤헤, 헤헤헤."

송곳으로 쑤시는 듯한 헤미의 잔인한 말에 눈물이 멎지 않는다. 나는 슬픔의 구덩이에 차라리 침몰하고 싶다. 헤미는 더 잔인하게 말한다.

"야, 근데 넌 학교에서 도대체 어떻게 굴었기에 2년

동안 전화는커녕 톡 하나 보내는 애가 없냐? 네가 보내도 다들 읽씹이고!"

창끝에라도 찔린 것처럼 옆구리가 아파 온다.

"혜미야, 대체 난 뭘 잘못한 걸까? 나는 그걸 도무지 알 수가 없어."

"잘못하긴 뭘 잘못해?"

"그치? 난 정말 잘못한 게 없지?"

"그럼! 넌 특별히 잘못한 게 없어. 넌 그냥 존재 자체로 재수 없었던 거야. 헤헤헤, 헤헤헤."

"뭐라고? 내가 정말 그렇게 재수 없었다면 어떻게 걔들이랑 그렇게 잘 놀 수 있었어? 우리가 얼마나 신나게 놀았는데!"

"걔들이 네 정체를 몰랐다가 갑자기 안 거라니까. 그냥 보기만 해도 막 짜증 나는 애들 있잖아? 넌 딱 그런 애였던 거야."

"내가?"

"그래, 너. 홍기은 네가! 헤헤헤, 헤헤헤."

나는 밤새 운다. 차라리 울고 있으니 살아 있다는 느낌이 든다. 학교를 그만두고 한 1년은 매일 슬퍼하고, 답답해하고, 몸부림쳤지만 요즘 들어서 나는 그냥 아무런 감정도 없고 무기력할 뿐이었다. 아빠는 나를 때리고 싶을 만큼 미워하고, 엄마는 내가 창피해서 거짓말을 한다. 엄마가 친구와 전화할 때 하던 말도 떠오른다.

"응, 응. 기은이? 기은이야 유학 준비하느라고 바쁘지. 방 안에서 꼼짝하지도 않고 공부만 해. 아, 검정고시로 고입 자격은 땄지, 벌써."

나 때문에 늘 침울한 엄마지만 전화를 받을 때면 목소리가 달라진다. 활기차고 즐거운 척하는 목소리. 내가 시작도 하지 못한 검정고시도 이미 합격했다고 거짓말하는 엄마.

"그러게 말이야. 우리 기은이가 저렇게 독하게 마음 먹을 줄 몰랐네. 응, 나중에 유엔에서 일하고 싶다지 뭐야?"

유엔 얘기는 어디서 나온 걸까? 거짓말도 자꾸 하다 보니 레퍼토리가 늘어 간다.

"요즘은 기은이 뒷바라지하느라고 바빠서 내가 약속을 못 잡아. 퇴근하면 곧장 와야 하니까. 기은이가 저렇게 열심히 준비하는데 엄마가 돼서 밥이라도 잘 챙겨 줘야지."

엄마는 엄마가 만든 다른 현실 속에서 헤엄친다. 이제는 자기 자신까지 속이며 산다.

나는 검정고시조차 엄두를 못 내고 있다. 아무것도 머리에 들어오지 않는데 어떻게 공부를 하나? 공부해서 뭐 하나? 그렇게 믿었던 친구들이 하루아침에 나를 내팽개치는 이런 세상에서, 갑자기 어디서 돌이 날아올지 모르는 이런 세상에서.

나는 아무것도 하고 싶지 않다. 나는 쓸모없는 인간이고, 모두에게 짐만 된다. 깜깜한 방 안에 갇혀서 하루하루 시들어 가는 나, 이런 내가 왜 살아야 할까?

6.

다음 날 아침, 엄마는 내 방문을 두드린다.

"기은아, 들어가도 돼? 잠깐 할 얘기가 있어."

저렇게 묻는 걸 보니 일요일인가 보다. 다른 날은 출근하느라 바쁘니 문을 확 열고 들어오는 엄마다. 나는 기운이라곤 없다. 침대 안에서 기어들어 가는 목소리로 말한다.

"들어와."

엄마는 들어오자마자 늘 그렇듯 커튼부터 열어젖힌다. 나는 벽을 향해 돌아눕는다.

"사람이 해를 보고 살아야지. 해를 너무 안 보면 우울증 걸려."

난 벌써 우울증이야, 하고 싶지만 엄마가 또 병원에 가자고 할 것 같아 입을 다문다. 엄마는 책상 앞 의자에 앉아 내 등을 보며 말한다.

"기은아, 어쩌지? 오늘 미숙이 고모가 놀러 온대. 엄마가 밖에서 만나려고 애를 썼는데 이 근처 오는 길이라고 기어코 온다네. 고모가 일본에서 오래 살다 온 거라 집에 한번 부르긴 해야 하거든. 어쩌지?"

이미 아는 이야기인데도 짜증이 치민다.

미숙이 고모, 옛날에 나를 몹시 귀여워했던 고모지만 내 방문을 열고 나한테 간섭하고 잔소리할 사람. 나는 그 고모가 온다고 해서 나가서 인사하거나 아무렇지도 않은 척 연기할 수는 없다. 엄마는 엄마대로, 유학 준비를 하는 의욕에 넘친 딸이라는 거짓이 드러나는 걸 두려워한다. 그러니 그 말은 나더러 잠깐 집 밖에 나가 있어 달라는 말이다. 나는 할 말이 없다.

학교를 그만둔 뒤, 현관문을 열고 집 밖에 나간 일이 몇 번이나 될까? 한밤중에 혼자 깨어 있다 단것이 미친 듯이 당길 때 몇 번 편의점에 가서 군것질거리를 한 보따리씩 사 온 일이 있긴 했다. 그 애들이 다 근처에 살기 때문에 나는 새벽 2시가 넘어야만 나갔고, 누구라도 만날까 봐 초긴장 상태로 다녀오곤 했다. 그마저도 2년 동안 손가락으로 꼽을 정도의 횟수였고, 환할 때 나간 일은 단 한 번도 없었다.

그것조차도 점점 힘들어져서 최근에는 거의 나간 적이 없었다. 이제는 아예 집 밖으로 나가는 게 무섭고 누구든 사람을 만나는 게 긴장되고 겁나는데, 이런 내가 과연 밖에 나갈 수 있을까? 내가 말이 없자 엄마가 다시 말한다.

"미안해, 기은아. 근데 엄마가 아무리 오지 못하게 해도 기어코 온대서…."

그러니 나더러 어쩌란 말인가. 그래도 고모를 보는 건 내게 몇 배로 더 힘든 일이다. 생각만 해도 숨이 막힌다.

나는 겨우 목소리를 짜내서 대답한다.

"알았어. 조금만 누워 있다 나갈 테니까 커튼 도로 치고 나가 줘."

엄마는 갑자기 걱정 어린 말투로 묻는다.

"그나저나 너, 집 밖에 통 안 나갔는데 나갈 수 있겠어?"

"못 나가면 어쩌게? 다른 수가 없잖아? 벽장에라도 숨어 있을까?"

내가 빈정거리는데도 엄마는 진지하게 받는다.

"진짜 그럴까? 근데 그 고모 한번 오면 엄청 오래 있어. 화장실도 가야 하는데 못 버티지."

나는 말도 안 되는 얘기를 하는 엄마한테 짜증이 더 난다.

"좀 나가 줄래? 나 조금만 누워 있다 일어날 테니까."

엄마는 일어서며 말한다.

"고모 12시에 올 거야. 지금 8시거든. 일어나서 아침 먹고 나가."

"알았다고! 그만해!"

"기은아, 미안해. 엄마가 고모 가는 대로 전화할게. 참, 여기 엄마 카드랑 현금 좀 놔둘게. 영화를 보든가, 뭐든 재미난 거 하고 와. 맛있는 것도 사 먹고."

정말 미안한지 엄마는 커튼을 다시 쳐 주고 나간다. 방은 다시 깜깜해진다.

누운 채 핸드폰으로 시간 가는 것만 물끄러미 들여다보다가 나는 마지못해 몸을 일으킨다. 두렵다. 어디 숨을 데만 있다면 정말 나가고 싶지 않다. 그렇지만 좁은 우리 집에 숨을 데가 어디 있나? 나는 커튼은 열지 않고 불을 켠다. 세수도 안 했지만 후드 티를 입고 모자를 쓰고 마스크를 낀다. 거울을 들여다보니 온몸이 퉁퉁 붓고, 피부는 창백한 여자 하나가 서 있다. '나는 방구석에만 처박혀 살아요' 하고 온몸으로 말하고 있는 것만 같다. 보기 싫은 얼굴, 침이라도 뱉어 주고 싶은 얼굴. 나는 거울에서 얼굴을 돌린다. 일요일이니 일찍 나가야 아이들과 부딪힐 확률이 줄어든다. 집에서 가능한 멀리 가야겠다.

엄마가 화장실 들어가는 기척이 난다. 나는 소리 안 나게 방문을 열고 나간다. 현관에 아빠 구두가 그대로 있다. 일요일이면 내가 보기 싫어서, 아니, 나를 때릴까 봐 등산을 가던 아빠가 오늘은 고모 때문에 집에 있다. 내가 피해 드려야지. 나를 그렇게 귀여워했던 옛날의 아빠를 생각하니 쓴웃음이 나온다.

현관문 닫히는 소리에 엄마가 "기은아, 밥 먹고 나가."라고 외치지만 나는 재빨리 복도를 지나 엘리베이터에 탄다.

다행히 아무도 타지 않는다. 지하철역까지 걸어가는 동안에도 아는 사람을 만날까 봐 겁이 난다. 나는 단지 앞 정류장에 막 도착한 버스에 급하게 올라탄다. 하루 종일 버스만 바꿔 타다 들어가도 되겠지. 일요일 아침이라 그런지 버스는 텅텅 비었다. 나는 맨 뒤쪽 자리에 가서 앉는다. 어젯밤을 꼴딱 새운 나는 그대로 잠들고 만다.

　"학생, 종점이야. 얼른 내려요."

　기사 아저씨가 깨워서야 일어난 나는 깜짝 놀라 허둥지둥 내린다. 주위를 둘러보니 어딘지도 모르는 곳이다. 핸드폰으로 위치를 검색해 보니 상계동이다. 한 번도 안 와 본 동네다. 멀리도 왔다. 여기라면 우리 학교 애들을 만날 일은 없겠지. 하지만 어디로 가야 하나?

　길을 건너려고 횡단보도 앞에 서서 신호등이 바뀌기를 기다리는데, 괜히 옆에 선 사람들이 힐끔거리는 것 같고 내 모습이 이상한가 싶어 진땀이 난다. 모자와 마스크로 얼굴을 다 가린 것으로도 모자라 나는 고개까지 푹 숙인다.

그런 내 모습을 비웃는 듯 귓전에서 혜미의 웃음소리가 터져 나온다.

"헤헤헤, 헤헤헤, 헤헤헤. 쫄았네, 쫄았어."

소리가 어찌나 큰지 나는 깜짝 놀라 주위를 돌아본다. 나한테만 들리는 소리인 줄 알면서도 불안하다. 사람들은 모두 핸드폰만 보고 있다. 뭘 웃냐고 소리쳐 주고 싶지만 입 밖으로 소리가 안 나오게 꾹 참는다. 집에서 늘 입 밖으로 말하는 버릇이 있어서 조심해야 한다.

'뭐가 웃긴다고 그렇게 웃어 대? 여기까지 왜 따라온 거야?'

나는 마음으로만 대꾸한다.

"그러게 말이야, 헤헤헤, 헤헤헤. 결국은 네가 불러낸 거지, 뭐. 근데 너, 바짝 쫄은 꼴이 너무 웃기다. 못 봤으면 울 뻔했어. 잘 따라왔네! 헤헤헤, 헤헤헤. 네가 살아 있는 한 내가 죽진 않지. 잠들기는 하겠지만. 아닌 게 아니라 좀 졸리기는 했어. 네가 이렇게 일찍 일어나는 일이 없잖아? 나도 꾸벅꾸벅 졸았어. 헤헤헤, 헤헤헤."

'그만 헤헤 거려. 듣기 싫어. 밖에서 들으니까 더 소름 끼쳐!'

내가 인상까지 찌푸리자 헤미는 그 듣기 싫은 웃음소리를 더욱 크게 쥐어짠다.

"헤헤헤! 헤헤헤!"

'그만해, 꺼져!'

마음속으로만 말하려니 답답하다. 하지만 사실 나는 헤미가 나타나 줘서 반갑다. 바깥세상이 너무 무섭고 외로웠으니까. 사악한 헤미마저도 그리울 만큼.

나는 하염없이 걷는다. 배가 고프다. 허기도 오랜만에 느껴 본다. 그러나 어디든 들어갈 자신이 없다. 환한

대낮에 사람을 보고 주문하기가 겁난다. 완전히 바보가 된 모양이다. 배고픔도 참은 채 그렇게 무작정 걷는데 길가에 '무인 카페'라는 간판이 보인다. 들여다보니 작은 카페지만 손님은 물론이고 주인도 없다. 나는 문을 밀고 들어간다. 자판기에서 커피와 쿠키를 받아 구석 자리로 간다. 비로소 긴장이 풀린다. 얼마 만의 외출인가. 다행히 지금까진 무사하다.

커피를 다 마시고도 그냥 앉아 있는데 손님이 들어온다. 장바구니를 든 아주머니가 나를 힐끗 바라본다. 나는 일어나 밖으로 나온다. 아파트 단지들이 계속 늘어서 있다. 다시 한참을 걸으니 번화가가 나온다. 지나가는 사람들 무리 속에서 언뜻 우리 학교 체육복이 보인다. 나는 심장이 멎을 만큼 놀라 고개를 푹 숙인 채 허겁지겁 달아난다. 그런데 내 친구들은 이미 다 고등학생이잖아? 그 생각에 달아나다 말고 픽 웃는다. 내 친구들이 어떤 교복을 입는지, 체육복은 무슨 색인지

나는 모른다. 그러나 우리 학교 아이를 여기서 본 것만으로도 나는 긴장한다. 쟤는 왜 여기에 있지? 할머니 집에라도 놀러 온 건가? 나는 후드 티 모자까지 뒤집어쓴다. 고개를 더 숙인 채 걸어간다.

얼마나 시간이 흘렀을까? 갑자기 사람들이 많아진 것만 같다. 어디서들 이렇게 쏟아져 나오는 걸까?

복잡한 인파 사이를 진땀을 흘리며 걷는데, 지나가던 누군가와 어깨가 부딪힌다. 나는 계속 고개를 푹 숙인 채 걸어가는데 뒤에서 누가 소리를 지른다.

"저기요, 이거 떨어뜨리셨어요!"

나를 부르는 소리다. 그런데 그 목소리가 어쩐지 아는 목소리 같다. 나는 놀라서 뒤도 돌아보지 않은 채 걸음을 빨리한다. 달아나야 한다. 누구 목소리인지 기억은 안 나지만 귀에 익은 목소리다. 아는 사람이면 어쩌지?

진땀이 흐른다. 나는 사람들 사이를 비집고 뛰다시피 걷는다. 저기요, 소리가 계속 따라온다. 나를 쫓아오나 보다. 나는 달리기 시작한다. 심장이 마구 쿵쾅거린다. 우리 학교 애면 어떡하지? 다행히 나를 못 알아본 것 같긴 하지만 얼른 도망가야 한다. 나는 무조건 뛰어간다. 인파를 헤집고 뛰어가는 나를 사람들이 쳐다본다. 신경질을 내는 사람도 있다. 나는 정신없이 달아난다. 누구에게든 나의 이런 몰골을 보일 수는 없다. 방 안에만 갇혀 있어 살만 팅팅 찌고, 집에서 뒹굴던 대로 나온 차림의 나를.

"헤헤헤, 헤헤헤. 왜 그렇게 도망쳐?"

헤미의 웃음소리가 달리는 내 귀를 때린다.

"남자애가 부르는데 멈춰야지. 널 아는 앤가 본데 어딜 그렇게 도망가? 이참에 친구를 사귈 생각은 안 하고! 헤헤헤, 헤헤헤."

얼른 이 동네를 떠나 다른 데로 가야 한다. 마침 버

스 정류장에 버스가 선다. 나는 버스를 타려고 주머니에 손을 넣는다. 지갑이 없다. 떨어뜨린 게 지갑이었나 보다. 어쩔 수 없다. 나는 계속 달려간다. 뒤에서는 계속 저기요, 저기요, 소리가 들려온다.

사거리가 나온다. 차들이 쌩쌩 달리는 찻길이 보인다. 초록불이다. 얼른 지나야 한다. 그러나 달려가는 사이 신호등이 바뀌어 차들이 속력을 낸다.

그때 헤미가 내 귓속에서 소리친다.

"지금이야! 뛰어들어! 그럼 모든 게 다 끝나! 뛰어들어!"

7.

정신을 차렸을 때 나는 누군가의 손에 잡혀 인도로
끌려 나와 있다.

"기은이 맞구나. 너 미쳤어?"

나를 끌어낸 남자애가 숨을 헐떡이며 말한다. 옆에
있던 사람들도 웅성거린다. 나는 너무 놀라 내 이름을
말하는 얼굴을 바라본다. 놀랍게도 그 얼굴은 수혁이
다. 수혁이는 내 손을 잡은 채 둘러싼 사람들한테 소리
를 치며 자리를 벗어난다.

"비켜요! 무슨 구경났어요?"

나는 얼떨떨한 상태로 그대로 끌려간다.

한참을 걸어간 뒤에야 수혁이는 내 손을 놓아주며 다른 손에 쥐고 있던 지갑을 내민다.

"이거 주워서 주려는데 왜 그렇게 달아났어? 어쩐지 너 같아 보였지만 설마 했는데!"

나는 할 말이 없어 고개만 푹 숙인다.

수혁이는 잠시 가만히 있더니 말한다. 아까와는 달리 다정한 목소리다.

"점심 먹었니?"

얼른 이 자리를 피하고 싶다는 생각뿐이었는데 그 다정한 목소리 때문일까? 나는 나도 모르게 작은 목소리로 대답한다.

"아니…"

수혁이가 반가운 듯 말한다.

"나도 안 먹었어. 저기서 햄버거 먹자."

나는 수혁이를 따라 버거집으로 들어간다.

메뉴를 고르고 주문할 때에야 나는 엄마 카드를 내민다.

입이 잘 열리지 않는다. 겨우 더듬거리며 말한다.

"지, 지갑도… 주워 주고… 목, 목숨도… 구해 줘서…"

수혁이는 내 말에 웃음을 터뜨리더니 장난스럽게 말한다.

"기꺼이 얻어먹을게. 근데 이거 갖고 안 된다! 생명의 은인인데."

나는 어쩔 줄을 몰라 또 고개를 숙인다. 수혁이는 달라진 내 모습에 또 크게 웃는다.

자리에 앉자 나는 더듬더듬 말한다.

"고, 고마워. 넌… 키, 키가… 많이 컸네."

내 짝이었을 때의 수혁이는 나보다 키가 작았는데 지금은 나보다 한 뼘은 더 커 보인다.

"넌 딴 애가 됐네. 무지 수줍어하고 약간 통통해지기

도 했고."

나는 부끄러워 고개를 더 숙인다. 바보에 돼지가 됐다는 말인가.

수혁이는 내 생각을 읽은 듯 말한다.

"통통하니까 더 귀여워."

수혁이는 덧붙인다.

"안 그래도 며칠 전부터 네 생각이 났는데 이렇게 만나니 신기하다. 갑자기 네가 어떻게 지내나 궁금했거든."

급식실에서의 기억이 떠오른다. 내가 어떻게 굴었던가. 부끄럽다. 그러나 차마 그 말을 꺼낼 용기가 없다.

"이, 이 동네엔 어, 어떻게 왔어?"

나는 계속 더듬거리며 묻는다.

"나, 이 동네 살아. 이사 왔어. 전학도 했고. 중3 때. 그런데 넌? 너도 이사 온 거야?"

"아, 아니. 난 볼, 볼일이 있어서…"

수혁이는 더 묻지 않는다. 남자애들에게 무시당하고 시달리던 수혁이었다. 여자애들도 상대는 안 했지만 남자애들은 대놓고 수혁이를 괴롭혔다. 그걸 견디지 못하고 전학한 걸까? 그때는 주눅 들고 말 없던 아이였는데 지금의 수혁이는 한눈에 보기에도 환하고 당당하다.

그 모습을 보니, 수혁이가 반 대항 달리기 대표로 뛴 기억이 문득 떠오른다.

"달, 달리기는 여전히 잘해?"

남자애들은 그것조차도 놀렸다. 겁쟁이라 하도 도망을 다녀서 잘 달린다고.

"여전히 잘하지. 그래서 오늘 너를 붙잡았잖아? 야, 진짜 아슬아슬했다!"

그 말에 나는 숨을 들이쉬고 용기를 내어 말한다.

"그, 그날은 미안했어."

"그날 언제?"

"급, 급식실에서…"

수혁이는 잠시 생각에 잠기는 표정이더니 곧 아하, 한다.

"그래. 날 완전 개무시했지, 네가. 근데 그때 너로선 어쩔 수 없었을 거야. 나야 뭐, 늘 당하던 일이었고."

늘 당하던 일이었고, 그 말이 가슴을 찌른다. 쟤는 그때 어떻게 버틴 걸까? 그때 나는 쟤 마음을 조금도 몰랐다. 그래서 전학을 간 걸까? 지금은 괜찮은가? 나는 묻고 싶지만 참는다. 수혁이도 내가 왜 찻길로 뛰어들려 했는지 묻지 않는다. 나는 수혁이가 오해하는 게 싫어서 조심스레 말한다.

"있, 있잖아. 나, 자… 자살하려던 거 아니야."

"알아. 누가 그렇게 어설프게 자살하냐?"

"뭐?"

"달아나면서 자살하는 사람이 어딨어? 그런데 왜 그렇게 도망갔어? 내가 누군 줄도 몰랐으면서?"

"그, 그게… 나도 모르게…."

"죽겠단 마음도 없으면서 뛰어든 거야?"

나는 고개만 끄덕인다. 수혁이가 말한다.

"그랬다면 더 나쁘지."

"왜?"

내가 묻자 수혁이는 진지하게 말한다.

"자기 생각대로 한 게 아니잖아? 그렇게 목숨이 걸린 상황에서?"

나는 그제야 제정신이 든 듯 그 순간을 떠올린다. 혜미의 재촉에 내가 아무 생각 없이 그 말을 따랐다는 생각에 등골로 오싹 소름이 끼친다.

"너, 머릿속에서 누가 계속 뭐라고 떠들어 대지? 그 소리가 널 몰아붙인 거 아냐?"

혜미를 말하는 건가? 그런데 애가 어떻게 알지?

내가 놀라서 눈을 둥그렇게 뜨자 수혁이는 픽 웃더니 말한다.

"나도 당해 봐서 알아. 그런 소리에 밀려서 옥상에 올라간 적이 있거든."

"옥상에? 진짜?"

나는 깜짝 놀라 말도 더듬지 않고 묻는다.

"응. 네가 자퇴한 뒤로도 나는 꽤 버텼는데 못 견딜 순간이 오더라. 뭐, 그런 얘기를 지금 할 건 아니지만. 하여튼 그때쯤부터 이명처럼 머릿속에서 계속 누가 떠들어 대더라고. 그게 내 생각인지도 모르겠지만 꼭 내 속에 다른 내가 또 있는 것 같았어. 하여튼 그 소리가 계속 나더러 죽으면 끝난다고 말하는 거야. 그래서 어느 날 정말로 옥상에 올라간 거지."

나는 침을 꿀꺽 삼킨다. 어쨌든 지금 수혁이는 내 앞에 있으니까. 살아서 있으니까.

수혁이가 갑자기 웃음을 터뜨리며 말한다.

"근데 진짜 웃기는 거 있지? 내가 막 난간에 발을 올리려는데 무슨 일이 난 줄 알아?"

나는 그런 얘기를 하면서 웃는 수혁이가 이상해서 말없이 바라본다.

"머리에 뭐가 뚝 떨어지는 거야. 깜짝 놀라서 손으로 만져 보니까 노란 새똥인 거 있지?"

"뭐? 새똥?"

나도 웃음을 터뜨리고 만다.

"아, 쪽팔리게 죽는 판에 새가 머리에 똥을 싼 거야! 하하."

수혁이는 웃느라 잠시 말을 멈추더니 다시 말을 잇는다.

"김새서 못 죽었지. 근데 사실 그때는 웃기지 않았어. 손에 묻은 새똥을 들여다보는데 갑자기 정신이 들더라고. 난 죽을 뻔한 거잖아? 별의별 생각이 다 들었어. 새가 보기에도 내가 하는 짓이 같잖았나? 생각하다가 내 머리에 똥을 찍, 갈기고 간 새의 표정을 생각하니 갑자기 웃음도 터져 나오고. 혼자 막 웃다가 혼자 막 울었어. 슬픈데 웃겼어. 생각해 봐. 죽으려고 하는 판에 머리에 새똥을 맞는 사람이 몇 명이나 되겠어?"

"둘, 둘도 없겠다."

나도 웃으며 말한다. 수혁이는 그런 나를 보고 미소를 짓더니 말을 잇는다.

"그냥 모든 게 다 새똥 같더라고. 내가 당한 모든 일들이. 손으로 닦아 내고, 집에 가서 머리 감으면 되잖아? 겨우 그런 걸로 죽으려 했던 거야. 찬물을 뒤집어쓴 것처럼 정신이 확 드는 거 있지? 나, 그때 득도했는지도 몰라. 왜 옛날 스님들, 그런 거 하잖아? 하하하."

나는 아무 말도 하지 못한다.

"옥상에서 내려와서 그동안 당한 일, 집에 다 말하고 전학시켜 달라고 했어. 새똥도 더 뒤집어쓰긴 싫으니까. 더러운 건 피해야지."

나는 수혁이를 바라본다. 그런 일을 겪다니, 그런 생각을 하다니, 안 보는 새에 수혁이는 나보다 어른이 되었다. 키만 큰 게 아니다. 예전의 수혁이랑은 다른 아이 같다.

나는? 나는 어떤가? 어쩌면 내가 당한 일도 새똥일 뿐일까? 닦아 버리면 그만일 새똥을 나는 죽어라 들여 다보고 있었나? 왜 새가 내 머리에 똥을 쌌는지 그 이 유를 몰라서 그렇게 괴로워했나? 손으로 쓱 닦아 내고 머리만 감으면 될 일을?

수혁이가 다시 말한다.

"내가 그때 옥상에서 내려가면서 새한테 소리쳤다. 네가 날 살렸으니 날 책임져, 하고 말이야. 뭐, 똥만 찍 갈기고 어디로 갔는지 보이지도 않더라만. 근데 알고 보니 오늘 널 살리려고 살았나? 하하."

나는 그 말이 좋으면서도 쑥스럽다.

"뭘, 뭔 소리래? 그냥 죽, 죽게 두지. 그럼 다 편해지 는데."

마음에도 없는 말이 나온다.

"그럴 걸 그랬나? 혹시 생명 보험이라도 들어 놓은 거야? 야, 자살은 보험금 못 받아."

내가 웃자 수혁이도 웃으며 말한다.

"너는 그래도 나같이 멋진 흑기사가 구해 줬지만 나는 뭐냐? 폼 안 나게 새똥이 날 살렸으니, 하하하."

"그, 그럼 너도 내 새똥이네."

"그렇지! 내가 네 새똥이다! 큭큭. 너 때문에라도 내가 잘 살아야겠다."

어느새 나는 내가 세수도 안 했고, 살도 7킬로나 쪘다는 걸 까맣게 잊는다. 새똥 얘기에 그저 까르르까르르 웃는다.

나는 다시 용기를 내서 말한다.

"내, 내가 열 번은 맛있는 거 사, 사 줄게. 생, 생명의 은인, 아니, 생명의 새똥이니까!"

그 말이 뭐가 웃기다고 우리는 또 깔깔 웃는다.

"좋은데 네가 무슨 돈이 있어서 사 주겠냐? 차라리

알바하는 내가 사 주고 말지."

"그, 그거야 엄카로 쏘는 거지."

"그럼 네가 두 번 사 주면 내가 한 번 사 주는 걸로 하자. 됐지?"

늘 어둡던 수혁이의 밝아진 모습이 신기하다. 그토록 발랄했던 나는 이 모양인데.

전학 간 학교에선 그런 일을 안 당하나 보다. 나는 그 사실이 내 일처럼 기쁘다.

핸드폰을 꺼내 보니 엄마 전화가 여러 통 와 있다. 뜻밖에 아빠한테 온 전화도 있다.

흥, 전화는 왜 했담? 불러다 때리려고? 속으로 이죽거리면서도 괜히 마음이 풀린다. 엄마 톡도 와 있다. '아침도 안 먹고 그렇게 나가냐? 엄마 속상하게. 이따 고모 가면 알려 줄 테니까 맛있는 거 많이 사 먹고 잘 놀다 와. 그 친구도 만나고.'

그 친구? 헤미? 나는 혼자 큭큭 웃는다. '그 친구'는 아니더라도 내가 엄마 말대로 친구를 만나고 있다는 게 거짓말 같다. 아침에 집을 나설 때는 생각도 못 했던 일. 남자애를 만났다고 하면 엄마는 좋아할까? 걱정할까?

그나저나 헤미가 잠잠하다. 잠들었나? 나를 죽이려다 못 죽여서 속상한가? 어디 숨어 우리를 지켜보나? 내가 혼자가 되면 다시 나타나 새똥 얘기로 놀려 대려나?

새똥 얘기라면 나는 또 웃음을 터뜨리겠지. 하지만 이제 헤미는 나타나지 않을 것 같다. 졸려 하는 헤미가 느껴진다. 그래, 이제 푹 잘 자라. 난 널 잊지 못할 거야.

"뭘 그렇게 생각해?"

수혁이의 말에 나는 헤미 생각에서 돌아와 대답한다.

"어, 어떤 친구…. 진, 진짜 사악한 애지만 나한텐 고마웠던…."

누구나 '은톨이'가 될 수 있고, 누구든 '은톨이'를 만들 수 있다.

《새똥》은 저의 결심을 무너뜨린 소설입니다. 사실 저는 쓰다 둔 광주 민주화 운동 관련 연작 소설 한 권만 마무리 짓곤 더 이상 청소년 소설을 쓰지 않을 생각이었어요. 청소년 소설이 제게는 너무 어려웠으니까요. 연작 소설조차 한없이 미뤄 두고 있는 형편이었죠. 그런데 '은둔형 외톨이'에 대한 글을 써 달라는 청탁을 받았을 때 이상하게도 몹시 흔들렸습니다. 어떤 아이인지는 몰라도, 고립되고 외로운 한 영혼의 슬픔이 마음을 쳐서 그 아이를 그려 내고 싶었어요. 쓸 자신이 전혀 없는데도 쓰겠다고 덜컥 말하고 만 것은 그런 까닭이었습니다.

그러나 글을 시작하려니 아니나 다를까, 벽을 마주한 것처럼 꽉 막혀 한 줄도 쓸 수가 없었어요. 저를 어떤 영혼의 통로로 삼는 일이 잘 되지 않았지요. 왜 쓰겠다고 했던가, 얼마나 후회했는지 모릅니다. 어떻게든 써야 했기에 이 짧은 이야기를 쓰기 위해 몇 번이나 집을 떠나 헤매고 다녔습니다. '은톨이'의 얘기를 쓰는데 오히려 저는 밖을 헤매고 다녔던 거예요. 그런데 다행히도 그럴 때마다 조금씩 통로가 뚫렸지요. 비둘기도 만나고 '헤미'도 만나고, 그러면서 마침내 하나의 이야기가 흘러나왔습니다.

이런 이야기가 될 줄은 전혀 몰랐어요. 흘러나온 이야기를 남이 쓴 글처럼 보면서 저는 비로소 제가 하고 싶었던 말을 찾아냅니다. 저는 아마도, 누구든 '은톨이'가 될 수 있고, 누구든 남을 '은톨이'로 만들 수 있다는 얘기를 하고 싶었나 봐요. 다른 세상의 별난 사람이 아니라 바로 우리 중 누구든지 그럴 수 있다는 얘기를요.

또한 무엇이든 자기가 중요하게 여기지 않으면 시시하게 된다는 얘기도요.

완성된 그림을 만나고 가슴이 떨렸던 기억도 납니다. 기은이와 수혁이를 저의 상상 이상으로 생생하게 그려 주신 폴아 선생님께 감사드립니다. 이 짧은 이야기를 이토록 정성 들여 멋진 책으로 만들어 주신 김현희 편집자님과 다림의 모든 식구분께도 마음 다해 감사드립니다.

사랑하는 청소년 여러분들에게 가장 간절하게 바라는 저의 염원도 이 책 속엔 어쩔 수 없이 스며 있습니다. 여러분 한 분 한 분에게 눈을 맞추며 얘기하고 싶어요.

"아무리 괴로운 일을 겪어도 기어코 살아남아 무사히 어른이 되어 주세요!"

2024년 봄, 연서루에서
이경혜